BUONAPARTE

JUGÉ PAR LUI-MÊME.

BUONAPARTE

JUGÉ PAR LUI-MÊME,

DIALOGUE;

Par P. J. F. D. S. R.

PARIS,

DE L'IMPRIMERIE DE C. J. TROUVE,

RUE DES FILLES-SAINT-THOMAS, N. 12.

1823.

BUONAPARTE

JUGÉ PAR LUI-MÊME.

BUONAPARTE ET DUROC.

DUROC.

Quoi ! c'est vous, Napoléon ! vous, mon maître, mon ami !

NAPOLÉON.

Oui, Duroc, le monde est délivré; j'ai cru que mon âme, séparée de son enveloppe terrestre, seroit indifférente pour ma vie, vain espoir ! rien ne sauroit m'affranchir de l'amertume des souvenirs; je ne puis plus repousser la lumière, je vois enfin combien je fus coupable envers Dieu, combien j'ai lassé la fortune.

DUROC.

Je sais tous vos malheurs; vous succombâtes dans une lutte inégale.

NAPOLÉON.

Les événemens conspirèrent contre moi, mais j'étois à la tête de la conspiration; c'est moi-même qui me suis perdu; je n'ai plus l'injustice d'accuser ni le sort ni les hommes; deux fois j'attirai sur la France les calamités de l'invasion; deux fois je plaçai au bord de l'abîme une nation généreuse qui m'avoit tout sacrifié.

DUROC.

Ne soyez point injuste pour vous-même; remontez aux premiers temps de votre célébrité; les historiens les plus sévères seront forcés de rendre hommage à votre gloire militaire; elle est immortelle.

NAPOLÉON.

Oui, j'ai fait une ample moisson de lauriers; mais cela suffit-il pour fixer la fortune et l'admiration des hommes? Que d'erreurs, que de fautes, que d'actions coupables se mêlèrent à mes succès! laissez-moi repasser ma vie, je puis vous dire maintenant le jugement que portera sur votre ami l'inflexible postérité.

Le 13 vendémiaire ne peut être effacé de

votre souvenir ; cette journée reste écrite en
lettres de sang sur le frontispice de ma vie publique ; deux partis déchiroient la capitale ; d'un
côté, des citoyens foibles et opprimés, de l'autre,
une assemblée perpétuant son pouvoir tyrannique. Si je ne me sentois point assez de vertu
pour protéger les victimes, au moins falloit-il
ne point servir l'oppresseur ; mais je voulois parvenir, je me rangeai sous la bannière du crime ;
le crime avoit pour défenseurs les soldats que je
commandois, la patrie ne comptoit dans ses
rangs que des hommes courageux, mais point
guerriers. Je pouvois triompher sans recourir à
des moyens violens ; c'étoit le cas de temporiser,
de lasser, par la supériorité de nos manœuvres,
l'indignation des sections révoltées.

Par une barbarie peut-être inconnue, les
foudres de guerre, si terribles sur les vastes
champs de destruction, sont traînés dans l'enceinte de la capitale ; le plus inégal des combats s'engage dans un étroit espace ; les boulets
sont dirigés presque à la portée du pistolet contre
une multitude sans tactique et sans chef ; la
mort moissonne une foule de citoyens, ils en-
combrent les degrés de St.-Roch, ils expirent
près de la maison de Dieu ! Tel fut mon point
de départ ; le sang des Parisiens versé à grands

flots commença ma célébrité; il arrosa les fondemens du trône illégitime ; quel ciment pour la solidité de ma puissance ! non, ma mémoire ne se lavera jamais de cette journée! les trophées d'Austerlitz s'étonnent d'être mêlés à ceux de vendémiaire; le vainqueur d'Iéna s'indigne d'avoir été, ne fût-ce qu'un jour, le docile valet de nos bourreaux.

DUROC.

Mais la campagne d'Italie est une brillante expiation du combat que vous déplorez; les plus grands capitaines pourroient s'en énorgueillir; votre carrière militaire, se fût-elle bornée à ces hauts faits d'armes, vous gardiez à jamais le titre d'illustre général.

NAPOLÉON.

Cette campagne fournira de belles pages : non que je veuille prétendre, ainsi que mes flatteurs, qu'elle effaça l'éclat des triomphes antécédens; les Français ne m'ont point attendu pour être braves, leur valeur est vieille comme leur monarchie; mais l'abandon où le Directoire laissoit vos frontières lointaines, et une administration sans honneur, avoient tout désorganisé. Lorsque je vins à Nice, pour y prendre le commandement, tous les élémens de la victoire nous manquoient; l'armée étoit incomplète, pauvre et sans discipline; mon ambition se fit un jeu des obstacles; mon génie enfanta des ressources. Je m'étois rendu utile à Toulon, mais l'utilité n'a point d'éclat; mon nom restoit ignoré : vainqueur de l'Autriche et du Piémont, tous les regards se portèrent sur moi; déjà ma pensée, plus rapide que mes succès, s'enivroit d'espérances.

Tandis que le Directoire, Tibère à cinq têtes, s'offusquoit de ma renommée, la nation s'attachoit à son nouveau général; et moi, je m'appliquois à justifier la faveur populaire, par les dehors d'une modération dont ma jeunesse doubloit le prix; on étoit charmé de pouvoir estimer celui qu'on admiroit. Je résistai à l'attrait de dater mes dépêches des murs du Capitole; je tendis une main protectrice aux prêtres déportés et aux émigrés; ma conduite avec le vieux Wurmser fut noble et généreuse; la passion de la gloire me rendit indifférent à celle de l'or; cependant toute ma conduite ne fut pas sans reproche, mon désintéressement trouva peu d'imitateurs dans mes lieutenans généraux; je fermai les yeux sur leurs dilapidations; c'est

sous mon commandement que ce genre de dé-
sordre s'introduisit dans l'armée ; l'ambition fut
le principe de ma coupable indulgence ; je ne
voulus point m'aliéner, par trop de rigueur, de
braves officiers que l'avenir m'offroit grandis-
sant avec moi, et m'aidant à fonder ma puissance.

DUROC.

L'expédition d'Égypte vint ajouter un nouveau lustre à votre première gloire.

NAPOLÉON.

Oui, mais remontons à l'origine de cette
guerre, rappelons-nous ses résultats ; pourquoi
fut-elle entreprise ? pour la convenance de six
hommes, moi et les Directeurs. Déjà les intérêts individuels prédominoient, déjà le véri-
table amour de la patrie passoit pour un pré-
jugé gothique.

Ma position à Paris devenoit chaque jour plus
critique, le Directoire n'étoit pas rassuré sur
la sienne ; il se méfioit de mon sommeil ; mon
éclat importunoit son obscurité ; nous nous
mesurions avec inquiétude ; s'il n'osoit se dé-
faire de moi, je ne me sentois pas assez fort

pour le renverser; l'avenir étoit gros d'événemens, mais il y avoit du danger à les faire éclore avant terme.

Mon imagination travailloit, elle enfanta le projet d'une descente en Égypte ; le Gouvernement me comprit et l'accepta ; il me sut gré de lui fournir l'idée d'un exil poli, d'une déportation décente. Armée, flotte, trésors, artistes, savans, tout me fut prodigué. Les Directeurs, spéculant sur les chances de cette périlleuse expédition, se flattèrent que je ne reviendrois plus; j'avois un pressentiment tout contraire.

J'allois me placer sous un ciel étranger, hors des atteintes d'un gouvernement ombrageux, et cependant de nouveaux succès conserveroient le souvenir de mes premiers triomphes. J'avois mesuré le temps : deux ans encore et l'arbre directorial déjà flétri seroit pourri dans ses racines.

Nos préparatifs se poursuivoient avec activité ; toutes les conjectures venoient s'égarer autour du voile mystérieux qui enveloppoit nos desseins; je partis : il faut avouer à la louange de mes soldats, qu'à peine débarqués ils signalèrent le ridicule de l'entreprise, un déluge de sarcasmes fondit sur moi; bientôt les plaintes s'exhalèrent quand ils furent assaillis par les privations du désert : les soldats se demandoient avec désespoir , pourquoi sommes-nous ici ? Que répondre ! Je devois garder mon secret.

La valeur française eut son cours sur cette terre brûlante ; ses trophées de l'Égypte ne furent point désavoués par les palmes italiques ; quelques taches sont restées sur mes étendarts triomphans ; c'est vainement que mes admirateurs ont voulu les effacer ; ces écrits ne déracinent point une impression qui a vieilli dans les cœurs.

Malgré nos succès , l'entreprise n'étoit qu'ébauchée ; mes conquêtes manquoient de base ; le but apparent ne fut point atteint, n'importe ; les événemens se pressoient en Europe , ils m'appeloient à d'autres destinées ; le commandement d'une armée devenoit trop étroit pour mon ambition , je lui voulois un champ plus large ; bientôt je quittai l'Afrique comme un déserteur , je m'échappai secrètement, abandonnant ma colonie guerrière à la merci du climat et des hasards.

Les légions frémirent de cet abandon ; elles s'indignèrent, et ma vie eût été en péril si la tempête m'eût rejetté dans les rangs que je délaissois.

Arrivé au pouvoir dictatorial, j'oubliai l'E-
gypte et mes compagnons d'armes, il ne con-
venoit plus à ma politique de les secourir;
ainsi, une superbe flotte devint la proie de nos
ennemis, les fonds de l'État furent dévorés et
des milliers de braves sacrifiés, le tout pour
me garantir du Directoire et assurer le repos de
ces burlesques majestés qui sommeilloient au
Luxembourg.

De foibles débris surnagèrent dans ce naufrage; les savans et les artistes revinrent, ils
écrivirent, on fit des cartes et des dessins;
enfin l'unique résultat de nos aventures du Nil,
fut un pompeux procès-verbal de recherches
et d'observations scientifiques : convenez-en
Duroc, la France et l'Égypte payèrent bien
chèrement ce grand ouvrage.

DUROC.

La France ne regretta point ces immenses
sacrifices lorsque votre retour combloit ses
vœux; les opinions se rallioient autour du
premier consul; les royalistes voyoient en lui
un Monk; les républicains, un Washington;
peu de gens craignirent un Cromwel. Lorsque
le consulat à vie vint fixer les idées encore flot-

tantes, on se soumit à votre pouvoir; on crut que d'immenses ressources de bonheur public résidoient en vous, et que plus vous seriez puissant, plus il vous seroit aisé de leur donner un grand essor.

NAPOLÉON.

Mais sur quoi s'appuyoit cette espérance? parlez franchement, mon ami, nous ne sommes plus dans les salons de Saint-Cloud.

DUROC.

Elle se rattachoit à toute votre vie. « Buona-
» parte, disoit-on, est né d'une famille obscure
» et peu fortunée; une ascension si étonnante
» doit satisfaire ses desirs, il ne peut plus être
» ambitieux. Il débuta dans l'artillerie, cette
» arme oblige à des études sérieuses; toujours
» asservi par ses devoirs, il ne connut point les
» passions orageuses de la jeunesse; il sera
» modéré, prudent; il aura cette égalité d'âme,
» cette fixité d'idées et cet empire sur lui-
» même, si nécessaire dans le chef de l'État. Élevé
» de grade en grade jusqu'au commandement
» suprême d'une armée, une campagne à
» jamais célèbre justifia cette élévation; l'a-t-on

» vu s'enivrer des fumées de l'orgueil? Il sup-
» porta la prospérité moins en jeune homme
» fier de son triomphe qu'en vieux général
» blanchi sous les lauriers. Lors de son retour
» à Paris, Buonaparte, embarrassé de sa gloire,
» se déroboit aux acclamations ; il sera modeste,
» réservé et usera sobrement de son pouvoir. »

NAPOLÉON.

Les caractères concentrés donnent aisément
le change à la multitude ; Tibère, jusque dans
la maturité de l'âge, se cacha sous un masque qui
trompa les Romains. Alexandre, François Ier
et Henri IV, annoncèrent de bonne heure
ce qu'ils seroient un jour ; leur âme étoit toute
en dehors, leur vie entière répondit aux élans
de leur jeunesse. La mienne au contraire fut
taciturne et froide ; occupé du pressentiment
vague de ma haute fortune, j'ai fait ce qu'il
falloit pour n'être point deviné ; les professeurs
de l'école, mes camarades au régiment n'ont
jamais su me définir ; mes projets se sont aidés
de mon caractère ; la dissimulation sert mer-
veilleusement les hommes qui aspirent aux
grandeurs où leur naissance ne les appela point.
J'ai pris beaucoup sur moi jusqu'à ma nomi-

nation de consul à vie; un des chefs-d'œuvre de ma politique fut ma paix éphémère avec les Anglais; je desirois qu'on me crût pacifique, je ne voulois reparoître sur les champs de bataille qu'avec le titre d'Empereur. Ce repos d'un jour fut le dernier acte de ma fausse modération; un besoin de tyrannie dévoroit mon âme; je faisois effort pour me contraindre, mais cette gêne me devint odieuse, je n'eus point la patience d'attendre l'affermissement de mon pouvoir pour la rompre avec éclat.

Un prince distingué par ses vertus et une héroïque bravoure, fut enlevé, jugé et exécuté avec une précipitation digne des temps barbares; la nouvelle de cet assassinat retentit en Europe comme un coup de tonnerre imprévu dans un atmosphère sans nuages. Ce forfait accordé au génie du mal dévoiloit mon avenir. Dès ce moment, je perdis l'estime de ces hommes vertueux qui vivent loin de la corruption du siècle, et dont les âmes inexorables ne pardonnent jamais un crime, quelque puissant que soit le criminel; cette espèce d'hommes est peu nombreuse, mais elle existe.

Le jugement de Moreau acheva de me démasquer : sa gloire m'étouffoit, je le poussois vers l'échafaud; mais ces victoires plaidoient pour lui. Toutes les résistances se coalisèrent pour me ravir ma proie; les gendarmes qui l'escortoient lui rendoient les honneurs militaires, les soldats de ma garde haranguoient le peuple, les juges balançoient entre leur conscience et l'arrêt que je leur dictois; enfin tout Paris soutenoit la cause du vainqueur de Hohenlinden. Moi, j'étois à Saint-Cloud, irrésolu, frémissant, mille fois plus malheureux que l'accusé; Moreau, traduit sur le banc des criminels, me défioit du haut de sa renommée, tandis que l'opinion me condamnoit à respecter ses jours.

Je me rappelle encore avec confusion le moment où je parus au théâtre après ces deux jugemens : le public se montra sublime, je le saluai; il resta silencieux; c'étoit me répondre. Cette leçon jeta dans mon cœur un sentiment d'effroi que je n'ai jamais pardonné aux Parisiens; l'accueil que je recevois étoit l'expression tacite de l'opinion générale.

Cependant l'armée n'oublioit point les dangers où j'avois placé un général qu'elle aimoit; je créai des rubans, je répandis des largesses, mais la guerre seule devoit éteindre ses ressentimens; ma réconciliation avec les vieilles bandes date de la bataille d'Austerlitz; ce jour-là , je remportois une double victoire : les soldats furent à moi , le triomphe m'avoit absous.

DUROC.

Vous le fûtes aussi par le peuple toujours léger dans ses impressions ; la France, lassée des tourmentes , vouloit un gouvernement fixe , une partie de ses habitans vous appeloit au trône.

NAPOLÉON.

Grande leçon pour les peuples inquiets qui, séduits par l'appât trompeur de la nouveauté, s'élancent dans l'abîme des révolutions. L'autorité des temps ne sanctionna jamais les œuvres du délire ; Dieu ne peut vouloir que le bonheur jaillisse du sein des iniquités. Aux jours trompeurs de 89, la France croyoit au retour de l'âge d'or ; elle espéra que le torrent des félicités humaines alloit s'épancher sur elle, et après dix ans de troubles, d'horreurs, humiliée de l'incapacité de ses chefs, repentante, soumise, elle imploroit un maître ; ainsi cet édifice démocratique qui s'éleva aux dépens de tout, ce monument que ses architectes insensés proclamoient impérissable, éternel, s'écroula paisiblement et sans bruit ; je ne fus point forcé d'escalader le pouvoir suprême, il descendit vers moi ; ce même peuple, qui avoit appelé tyrannique, intolérable la monarchie la plus tempérée, accepta sans frémir un maître absolu ; les républicains eux-mêmes ne tardèrent point à caresser les chaînes que je leur imposois ; de tous nos modernes Catons, pas un ne s'immola sur le tombeau de la liberté.

Bientôt tout plia devant mes volontés : elles ne trouvèrent plus de résistance ; mes affidés luttoient de souplesse, d'obéissance et de dévoûment ; jamais autorité ne fut moins contestée que la mienne. Je succédois à une tyrannie délirante et féroce ; la terreur avoit brisé les âmes, anéanti tous les courages, éteint toutes les ardeurs ; veuve de son Roi, la France cherchoit vaguement un abri pour se reposer du malheur. Cette situation des esprits me donnoit d'immenses avantages, je sus les comprendre ; tous les élémens de la servilité se groupoient autour de moi, je sus les mettre en œuvre ; des milliers de volontés avoient gouverné le peuple, je leur substituai la mienne ; je prétendis qu'elle fût pleine, unique, absolue ; je réussis. Je n'avois point assez de raison pour poser moi-même de sages limites à l'exercice de mes forces.

La plus illustre des nations modernes, se

résignant à subir mes lois, méritoit de n'être point menée avec un sceptre de fer ; quels étoient mes droits pour la dépouiller de toutes ses libertés ? m'appuirois-je sur l'Histoire pour justifier le pouvoir que je m'arrogeois ? Octave vient s'offrir à ma pensée, comme moi il s'assit en maître sur les ruines de la démocratie.

Cet habile souverain voulut être le modérateur de sa propre domination ; il laissa une sorte d'autorité au sénat, il lui abandonna les nominations au gouvernement de plusieurs grandes provinces ; il rendit presque insensible la transition de la république à la monarchie. Agrippa, Mécène et Marcellus avoient ordre de dire toute la vérité, sans ménagement, sans s'inquiéter de la majesté impériale ; ils usèrent de cette noble prérogative avec toute la franchise d'une austère amitié. Enfin Auguste se montroit affable, populaire ; il n'établit point, comme moi, une immense distance entre ses sujets et lui ; il se mêloit parmi les sénateurs, et réclamoit leurs salutaires avis ; on auroit pu douter de son pouvoir, tant les ressorts en étoient délicats, tant il les faisoit jouer avec adresse : voilà quelle fut la politique d'Auguste ; dites-moi, Duroc, si je puis soutenir le parallèle.

Le corps que j'avois institué, sous le nom de Tribunat, parla plus haut que je ne voulois; j'en retranchai les orateurs les plus hardis; il parla encore et je le supprimai, pour me délivrer de cette conversation importune; ainsi je brisai les entraves que je m'étois données moi-même; la Constitution de l'an huit fut étouffée dans son berceau.

Le Corps législatif avoit la mission d'accepter des lois imposées par mon conseil d'État; ses discussions se bornoient à jeter des boules blanches dans une urne; le Sénat jouissoit de *l'immense* privilége d'élire les députés et de voter des conscrits.

Enfin les conseils généraux de départemens étoient présidés par des préfets qui pouvoient intercepter leurs doléances et étouffer leurs plaintes : voilà quel fut mon gouvernement; jamais il n'en exista de plus despotique; par la plus étrange déception, les Français se voyoient privés à la fois de leur Constitution ancienne, et des avantages que leur promit la révolution; remontrances des Cours souveraines, refus d'enregistrement des édits, surveillance inquiète de ces grandes corporations, vieilles colonnes de la monarchie, toutes ces modifications du pouvoir absolu manquèrent à ma prétendue *dynastie*, il lui manquoit encore la bonté paternelle de vos Rois.

Je crus que l'anéantissement de toute opposition étoit un coup de maître, je m'extasiai devant mon ouvrage, et je disois : « Personne n'a su gouverner comme moi! » Aveugle que j'étois! ce fut le principe de ma perte; mes desirs impatiens, mes déterminations soudaines et irréfléchies avoient besoin d'un modérateur : il étoit dans ma nature de m'élancer au-delà des limites et des possibilités; je devois donc me créer des résistances sous peine de faillir. Mais mon orgueil frémissoit à cette seule pensée; des Sully, des Colbert, m'eussent été odieux; ce qui m'entouroit savoit que l'intimité même ne donnoit pas le droit d'une objection.

Avec tout mon génie, je me suis égaré sur la scène du monde, j'ai pris mon rôle à faux; j'ai mal fait de m'entourer de l'appareil des rois; je serois resté plus grand en me plaçant moins haut. Une couronne de chêne est légère au front du guerrier, mais quel fardeau pour lui qu'un diadême usurpé! un capitaine illustre déroge à sa gloire, le jour où il envahit le trône.

L'attirail d'une Cour contrarioit toutes mes habitudes, il répugnoit à la simplicité de mes premières années, à l'humeur sauvage des camps, je le sentois; la vanité l'emporta, je voulus régner comme tout le monde ; passer une revue de vingt mille hommes étoit un jeu pour moi, je me retrouvois sur mon terrain; mais le soir, quand l'empereur succédoit au général, c'étoit une terrible corvée que de parcourir ce front de courtisans alignés dans le pavillon de Flore; je n'ai jamais pu réussir à surmonter ma gêne, quelquefois je la déguisois sous les dehors d'une gaîté ricaneuse et blessante , enfin je n'avois point de dignité, cela ne se donne pas.

DUROC.

Napoléon, lorsque vous vous accusez avec la sévérité d'un juge, pourquoi semblez-vous oublier vos actions généreuses? Elles seront inscrites comme vos fautes; votre règne eut de beaux jours, vous fîtes de grandes choses, et je cède au besoin de vous les retracer.

Quand vous prîtes les rênes de l'État, la France penchoit vers de nouveaux abîmes, la révolution se plaignoit qu'on n'eût point assez fait pour elle et redemandoit des victimes; déjà la terreur nous menaçoit de son retour, de sinistres projets se tramoient dans l'ombre, conçus par des hommes hardis et pervers; leur exécution étoit prochaine; le 18 brumaire les fit avorter; la patrie vous dut son salut.

Que de bienfaits suivirent cette mémorable journée! Les jacobins sont muselés, les déserts de Sinamary sont fermés, la Vendée est pacifiée; à votre voix la Religion se relève, les prêtres quittent les souterrains où ils cachoient l'autel, le peuple inonde en foule les temples rendus à sa piété; protecteur du commerce, vous rouvrez les canaux de l'industrie dont les ramifications se multiplient pour désespérer nos rivaux; l'échafaud dressé pour tout émigré qui osoit toucher la terre natale ne déshonore plus nos places publiques; ces Français infortunés rentrent en vous bénissant, vous les admettez dans les emplois, dans vos armées, dans votre Cour; à Marengo, vous vengez les revers d'une campagne malheureuse, et cependant les finances de l'État s'améliorent, l'ordre se rétablit, tout s'organise, tout est vérifié; chaque province vous est redevable d'une création utile, la capitale s'embellit, la Seine s'enorgueillit des quais dont vous couronnez ses rives, les Alpes s'applanissent sous des milliers de bras. Quand les Cours de justice, foibles et incertaines devant le crime qui les brave, réclament votre appui, vous relevez leur courage et leur dignité par le don d'un

Code qui vous survivra; enfin dans la vie privée vous fûtes bon mari, bon parent, nul souverain ne se montra plus généreux pour les défenseurs de sa cause; voilà Napoléon, voilà les pages honorables de votre histoire; tout est vrai dans ce tableau il n'emprunte plus rien de la flatterie.

NAPOLÉON.

Vous venez de tracer mon début, il fut brillant, j'en conviens, mais avec quelle hâte je me suis démenti! Ce que j'ai fait de louable dans le cours de mon règne, étoit la mesure de tout ce que je pouvois faire; je suis coupable en proportion des facultés qui me furent données.

La justice céleste peut épargner l'aveugle ignorance : elle marque du sceau de sa colère l'homme puissant qui abusa de son génie pour n'écouter que ses passions. Je me suis montré sans pitié pour les autres, il est donc juste que je n'en éprouve aucune pour moi-même, que je sois condamné à me haïr et à m'accuser.

Après ces premiers gages donnés à la prospérité générale, je m'isolois dans l'unique intérêt de mon fol orgueil; tout ce qui n'étoit pas moi, fut traité d'abstraction; on m'a loué pour avoir rétabli le culte et j'ai fini par avilir ses ministres;

j'ai persécuté le saint Pontife; il a langui dans l'exil: au pacificateur de la Vendée, au signataire du traité d'Amiens, succéda le désolateur du monde.

J'ai abusé de la guerre : on lasse la fortune par un emploi trop répété des mêmes chances; malheur au joueur que le sort caressa pendant une longue nuit et qui s'obstine à lui ravir encore quelques faveurs, l'aurore survient ; elle éclaire sa ruine!

La guerre est un jeu plein de caprices; c'est elle qui m'avoit élevé, c'est elle aussi qui m'a perdu : mes premières campagnes suffisoient à ma renommée, lorsque les journées d'Auster-litz, d'Jéna et de Friedland me firent atteindre le sommet de la gloire; quels lauriers plus brillans pouvois-je cueillir, la moisson étoit faite, j'étois réduit désormais à glaner dans le champ des hasards?

Mon pouvoir devoit se consolider par les bienfaits d'une paix durable; c'est un bruit flatteur à l'oreille des peuples que celui des portes du temple de Janus, criant sur leurs gonds pour se refermer.

La France étoit saturée de victoires; les bourgeois de Paris n'écoutoient plus qu'avec distraction le canon des Invalides, il les étourdissoit sans les charmer ; on passoit indifféremment près du crieur de bulletins, et souvent les magistrats se rendant à l'église, s'y trouvèrent seuls avec le prêtre, pour chanter le *Te Deum*. La présence des jeunes officiers revenant de l'armée ne faisoit plus événement dans un salon ; l'écharpe noire d'un blessé avoit perdu toute sa magie.

Je m'indignois alors de cette froideur, j'avois tort ; quand une noble cause ou un danger pressant, font courir aux armes, la guerre devient nationale, et les frontières sont le poste de l'honneur. Le peuple, au signal des combats est attentif, inquiet ; ses émotions sont rapides et fortes, c'est l'intérêt de tous qui va se juger ; mais lorsqu'un conquérant porte ses drapeaux sous un ciel lointain, dans l'unique but de sa renommée, la nation se détache bientôt d'une cause qui lui est étrangère ; que lui importe le nom de la plaine où l'on a vaincu des ennemis qui ne sont pas les siens ? Elle sait ce qu'elle doit attendre de ces sanglans trophés, surcroît d'impôts, diminution d'hommes, deuil et misère. Les victoires de Marathon et de Platée firent tressaillir la Grèce délivrée ; un cri de reconnoissance et de joie retentit de la mer Égée jusqu'aux rives du Bosphore, et ces mêmes Grecs

restoient froids à la nouvelle des victoires d'Ar-
belles, du Granique et d'Issus. C'est ainsi que
l'enthousiasme des Français s'éteignit, lorsqu'ils
reconnurent qu'on se battoit pour le bon plaisir
de l'Empereur.

DUROC.

Cependant, la France étoit fière de son titre
de grande nation, elle jouissoit avec orgueil de
la supériorité que lui donnoient vos conquêtes.

NAPOLÉON.

Détrompez-vous, Duroc, cette fausse gloire
n'enivroit que mes Séides et les ambitieux qui
vouloient parvenir ; elle fut désavouée par la
saine partie de la nation. Il n'existe de bonheur pour les hommes qu'avec la sécurité ; sous
mon règne, on ne put la connoître ; chaque
année je mettois en question le repos de mes
sujets. D'ailleurs, pouvois-je faire rétrograder
les âges ! Le XIXe siècle étoit là avec ses lu-
mières, sa civilisation, ses mœurs et ses habitudes ; la splendeur du commerce, l'amour des
arts et du bien-être, avoient désabusé de ces

bouleversemens qui changent la face du globe. Des traités solennels sembloient fixer immuablement les limites des empires; un nouveau Gengiskan n'étoit donc plus en harmonie avec les temps; la conquête offroit je ne sais quoi de gothique et de discordant que repoussoient les idées régnantes. Un guerrier ressuscitant dans la vieille Europe des légions envahissantes, des aigles dominatrices, renversant les barrières des États, faisant et défaisant des rois, condamnant la génération actuelle à vivre sous la tente, et la précipitant dans les crises des siècles barbares, ce phénomène redoutable, cet être incohérent devoit fatiguer la patience des peuples et des souverains.

Après le traité de Tilsitt, il falloit abdiquer la conquête et laisser reposer le héros; si à cette époque brillante de ma vie, j'eusse déclaré que je voulois vivre pour le bonheur de mes sujets; si j'eusse dit que les capitales étrangères ne devoient plus redouter ma présence ni celle de mes légions, je crois qu'on m'eût pardonné ma renommée, la vaste étendue de mes États et deux couronnes, étonnées de s'unir sur mon front. Mais j'avois horreur du repos, je ne pouvois descendre à la modération, je lui trouvois quelque chose de trivial qui répugnoit à la grandeur de mes projets, à la hauteur de mes destinées; une fièvre de domination brûloit mon sang, j'étois le malade en délire qui repousse la potion calmante.

Ce fut alors que je conçus cette honteuse entreprise à laquelle l'opinion révoltée donna le nom de *l'affaire d'Espagne.* Ma politique ténébreuse suscita des divisions, provoqua des orages au sein d'une auguste famille; le vainqueur du Niémen se ravala au rôle d'Escobar. Je tendis au château de Marac les filets où vinrent s'envelopper les Bourbons de Madrid.

Murat, mon lieutenant, espèce d'Omar sous l'habit français, ne comprit point mes instructions; je n'avois été que perfide, il se montra cruel; les malheureux Espagnols furent un moment traités par lui, comme les Lyonnais par les députés conventionnels.

Je m'accuse de cette guerre, elle étoit injuste, impolitique, odieuse; ma ruine en a été l'inévitable résultat. Jusqu'alors de grands combats s'étoient livrés devant des populations immobiles; ici ma déloyauté opéra un violent mouvement. Le tocsin retentit du Nord au Sud de la presqu'île; pas un hameau qui ne s'agite, pas un paysan qui ne soit armé; qu'on ne s'informe point des forces de l'ennemi, du nombre

de ses bataillons, des lieux où il établit sa dé-
fense ; la guerre est partout ; l'armée, c'est la
nation tout entière.

Jamais, dans la plénitude de sa puissance,
aucun empereur romain ne disposa pour sa
famille des diadêmes conquis par le peuple-
roi ; ce qu'ils n'osèrent pas faire, je le voulus ;
je me crus plus fort que ces maîtres du monde,
je nommai mon frère Joseph souverain de
toutes les Espagnes.

Par une déplorable conséquence de cette expédition, les Anglais devinrent les auxiliaires de
mes ennemis. Plus habiles marins que bons
soldats sur terre, ils auroient eu mauvaise grâce
de s'enorgueillir de quelques victoires rempor-
tées sur les rajas efféminés des Indes ; le malheureux essai de leurs armes dans les plaines
d'Honskotte, les tenoit à une distance respec-
tueuse de nos champs de bataille ; le cabinet de
Londres ne guerroyoit avec moi qu'à coups de
subsides et de pamphlets. Dès que mon étoile
pâlit sur l'horizon espagnol, les Anglais voulurent payer de leur personne dans la lutte qui
s'engageoit ; mon aveugle imprudence natura-
lisa leur valeur sur le continent ; les habits
rouges inondèrent le Portugal. L'impétuosité
française trouva enfin des résistances ; elle s'ar-

rêta devant un nouveau Fabius. Le grand art des temporisations déconcerta le courage bouillant de mes soldats; c'étoit une tactique toute nouvelle qui déjouoit la nôtre, et triomphoit de nos efforts. Wellington est mon ouvrage; sans moi, peut-être l'Europe ignoreroit son nom; le jour où j'eus la présomption de croire que, d'un trait de plume et par la vertu d'un décret, je pouvois donner l'Espagne à Joseph, j'ouvris la carrière aux talens du général anglais; les Français ne durent qu'à moi ce redoutable et brillant ennemi.

Vous n'avez jamais su, Duroc, combien cette guerre rendit mes jours pénibles; l'attente des courriers me causoit une anxiété mortelle; les dépêches, presque toujours fâcheuses, corrompoient toutes mes joies, je m'indignois contre cette première lutte avec le sort; c'étoit une inquiétude fixe, un plomb douloureux dans le cœur.

Les malheurs se pressent à la suite d'une grande faute : je venois d'entreprendre une guerre que personne ne vouloit, elle m'en attira une que je ne voulois point. L'Autriche, me voyant engagé dans la Péninsule, crut que le moment étoit venu d'effacer les humiliations de la journée d'Ulm : je prévins ses hostilités, et courus au-devant d'elle : je n'arrivai à Vienne qu'à travers des flots de sang ; les généraux allemands, familiarisés avec mon système d'attaque, se ravisoient enfin ; la partie devenoit moins inégale ; je fis la loi aux-vaincus, mais je ne ressentis plus l'ivresse où m'avoient plongé mes premiers triomphes.

Cependant l'Espagne usoit mes vieux soldats ; déjà j'anticipois sur les classes pour les levées d'hommes, déjà je dévorois l'avenir de la conscription. Cette loi, si rigoureuse dans son principe, s'augmentoit chaque jour d'articles supplémentaires ; on traînoit violemment sous mes drapeaux des hommes libérés, aux termes de cette même loi ; je devois craindre que ces exécutions arbitraires n'exaspérassent les esprits ; la corruption des mœurs, le relâchement des liens de famille, vinrent à mon secours et garantirent mon impunité ; ces mesures étoient intolérables, la cupidité et l'orgueil les exploitèrent à leur profit. Si un père de famille me livroit trois de ses fils, s'il en perdoit deux et que le troisième fût nommé baron, il croyoit avoir fait un bon marché ; la vanité se chargeoit de consoler la douleur. Souvent les héritiers d'un conscrit me pardonnèrent sa mort. La vente des remplaçans offroit un autre champ à la spéculation; ce honteux trafic avoit lieu dans les villages français, comme la traite des hommes sur la côte d'Afrique.

Ainsi la nation se démoralisoit entre mes mains, les cœurs s'appauvrissoient de vertus, l'ambition se glissoit dans toutes les classes : sous le chaume et dans les châteaux, la soif des honneurs et de l'or se faisoit sentir. Cependant quelques âmes échappèrent à ce coupable égoïsme, plus d'une femme fit entendre le cri maternel en livrant ses enfans; plus d'une scène de désespoir troubla les conseils de recrutement.

Je me rappelle encore le rapport qui me fut envoyé par ma police; sur l'un de ces conseils, présidé par le préfet de la Meurthe; un laboureur des environs de Nanci, avoit deux de ses fils aux armées, on lui demanda le troisième; il sollicitoit vivement pour le conserver, on repoussa ses prières avec dureté; il s'éloignoit en murmurant : le préfet demanda impérativement ce qu'il avoit dit; alors le paysan se retourna et prononça ces mots à haute voix : « Je disois, » Monsieur, que nous voyons ici le contraire » de la passion de notre Seigneur; Jésus-Christ » mourut pour tous, et maintenant tous doivent » mourir pour un seul! » Quel mot profond,

quelle sublime ironie ! Comment n'étois-je point
réveillé par de semblables leçons !

DUROC.

Vous venez de me signaler des plaies morales
qui rongeoient le corps de l'État ; mais, puisque
vous les connoissiez, il vous étoit facile de mo-
difier un système qui provoquoit votre ruine et
celle de l'empire.

NAPOLÉON.

Il est rare qu'une excessive ambition s'allie
avec l'amour de la vertu et de l'humanité ; je
n'ai jamais eu l'idée de m'apitoyer sur les
misères publiques, d'ailleurs je n'étois pas Français !

DUROC.

Comment ! la réunion de la Corse ne pré-
céda-t-elle pas votre naissance d'une année ?

NAPOLÉON.

Non, mon ami, je n'étois pas Français. En
conscience, croyez-vous qu'un pays balotté par
la conquête, et subissant de fréquens change-

3..

mens de maître, puisse prendre ou accepter le nom du dernier occupant? un insulaire, un habitant d'Ajaccio qui peut se dire : hier j'étois Génois, aujourd'hui je suis Français, n'est en réalité ni l'un ni l'autre ; il reste Corse, il en garde tout le caractère. Je ne me suis point abusé ; les Français, tout en me reconnoissant pour leur empereur, ne me donnèrent jamais franchement le titre de compatriote ; je le savois, cette pensée m'étoit importune ; souvent j'ai regretté de n'être pas né dans un village de la Bretagne ou du Limousin ; je crois qu'alors je me serois contenté du royaume de France, l'amour de la patrie, ce sentiment si pur et si doux, auroit modifié ma frénésie d'envahissement. Jamais je n'ai surpris dans mon cœur ces paternelles affections inhérentes au chef d'une grande monarchie ; faute d'amour pour ceux que je nommois mes sujets, je me crus dispensé de les rendre heureux ; j'en ai fait de serviles instrumens de mon ambition ; leur sang n'a coulé que pour elle, je l'ai prodigué sans pitié.

La sixième année de mon règne vit la fille des Césars s'unir à mes destinées ; certes, jamais la fierté d'une antique Maison, ne fit une plus entière concession au prestige de la victoire ; je fus ébloui par l'éclat de cette alliance, je me pénétrai si bien des droits de ma nouvelle parenté, que, deux mois après, je disois *mon pauvre oncle!* en parlant de l'infortuné Louis XVI.

L'impératrice me donna un fils, ce fut l'apogée de mon bonheur; je créai cet enfant roi de Rome; cette capitale étoit restée depuis des siècles la métropole de la chrétienté; me croyant supérieur aux vues de la Providence, je fis de la ville sainte un chef-lieu de département; je rêvois déjà pour mes enfans à venir les titres de roi de Bysance, de princesse de Babylone, que sais-je!... rien ne me sembloit impossible, j'avois aboli ce mot.

Une fois vainqueur des Russes, que je voulois ranger parmi les vassaux de la grande nation, à la tête de cinq cents mille soldats, ne laissant plus d'ennemis après moi, j'allois en chercher de plus faciles à vaincre; la Turquie d'Europe et l'Asie m'offroient de rapides conquêtes; déjà je me voyois sur les bords du Gange, portant un coup mortel à la superbe Angleterre, dans ses possessions de l'Inde. Les Parisiens, toujours frondeurs, prétendoient que je faisois apprendre le chinois à mes auditeurs. Dans ma folle ivresse, je disois à mes familliers : « Vous n'avez encore rien vu ; je veux que la

» France, gouvernée par moi, devienne maî-
» tresse de l'univers! je veux étonner les siècles
» futurs! dominé par une force intérieure, je
» ne m'arrêterai que le jour où elle cessera d'a-
» gir. » Et parmi mes courtisans, comment
aurois-je trouvé un Cynéas? mon despotisme
étoit trop escarpé pour que la vérité pût l'atteindre.

Qu'aurois-je répondu à un ami courageux,
s'il m'eût dit : « Vous voulez réaliser dans un
» seul règne et à une époque si différente, l'ou-
» vrage que les Romains n'achevèrent qu'après
» plusieurs siècles de victoires? Sire, rappelez-
» vous ce mot de Frédéric : « Le plus beau
» songe qu'un monarque puisse faire, c'est de
» rêver qu'il est roi de France. » Mais Buonaparte se trouvoit trop à l'étroit dans le royaume
de Louis le grand; il avoit de plus l'Italie, le
Piémont, la Hollande, les Pays-Bas, les villes
anséatiques, tout cela n'étoit rien, il lui falloit
le monde! Insensé! quatre ans encore, et ce
dominateur de l'univers ira finir sur un rocher.
Au nord de l'Allemagne se rassembloit une
armée dont la force surpassoit de beaucoup
tout ce qu'ont vu les temps modernes; l'ascen-
dant de mes triomphes métamorphosoit mes
ennemis en un faisceau d'alliés. Les soldats qui

s'étoient combattus dans les précédentes campagnes, s'étonnoient de se voir réunis sous le même commandement, de marcher pour une même cause; à l'aspect de ces bannières aux mille couleurs, on auroit pu croire que le XIXe siècle avoit aussi ses croisades.

Et contre qui dirigeoit - on ce gigantesque armement? contre un des hommes les plus vertueux et les plus modérés de son siècle; contre un prince magnanime, fidèle observateur du traité de Tilsitt.

Nous entrâmes en Russie; aucune folle invasion n'offre rien de comparable à cette campagne; Sésostris, Cyrus, Alexandre, Attila, sont moins coupables que moi; leurs soldats furent moins infortunés que les miens; sans rien calculer ni rien prévoir, je les conduisis vers le plus destructeur des climats; un hiver impitoyable les attendoit pour triompher de leur courage, aliéner leur raison, anéantir leurs facultés; non, jamais armée ne fut plus à plaindre, l'imagination peut à peine concevoir la grandeur de ses maux. Toutes les douleurs, toutes les tribulations, toutes les angoisses envahissoient la ligne qui sépare Moscou de Wilna; les regards, pour échapper aux souffrances des vivans, se détournoient sur les monts.

« Voyageur, ne crains point de t'égarer dans ces solitudes glacées, la route est tracée par mes victimes, à chaque pas tu heurteras un cadavre; quand les clochers de Wilna s'offriront à ta vue, évite, crois-moi, cette vaste tombe, où les maisons encombrées refusent un asile aux mourans, où mes pauvres soldats mendient un peu de paille pour ne point expirer sur la neige, où les entrailles de la terre ne peuvent suffire à la sépulture de ses enfans. »

Qui m'absoudra de cette guerre? quel droit avois-je de porter la désolation chez un peuple ami, qui défendit ses foyers avec l'énergie des temps antiques?

Un bulletin révéla aux Français notre immense désastre; ces mots le terminoient : « *L'Empereur se porte bien.* » Affreuse dérision ! Ainsi la santé d'un seul homme étoit offerte comme compensation aux douleurs de tous, ainsi je me montrois froid et barbare jusque dans les consolations que j'adressois à mes peuples : qu'il y a loin de cette phrase inhumaine du vingt-neuvième bulletin, à ces mots si touchans : « Varus, Varus, rends-moi mes légions! »

Échappé au tumulte d'une retraite sans exemple, livré aux pensées les plus sombres dans les routes solitaires que je parcourois, traînant avec moi le sentiment de mon indignité, je suivis de près la nouvelle qui devançoit mon retour dans la capitale. Ce retour me causoit de l'effroi ; l'audace de Mallet, conspirateur obscur, dont la réussite n'avoit tenu qu'à un fil, noircissoit mon imagination ; si la France, me disois-je, prenant une attitude digne d'elle, m'adressoit ces terribles paroles : « Qu'as-tu fait » de ton armée ? que sont devenus nos enfans, » nos frères, réponds ? qu'allois-tu chercher à » huit cents lieues de la patrie ? notre salut dé- » pendoit-il de cette expédition ? espérois-tu » que les frimas fléchiroient devant ton pou- » voir ? es-tu donc un dieu, pour t'affranchir » de toutes les lois humaines ? »

Dans l'espèce d'égarement où me plongeoient mes anxiétés, je voyois le Corps législatif s'assembler sans convocation ; je l'entendois se déclarer mon accusateur et mon juge ; le Sénat même, entraîné par le mouvement général, me reprochoit d'avoir compromis les destinées de la France.

J'allois fouiller dans les souvenirs historiques ; tous me condamnoient ; je me rappelois tous ces Athéniens si implacables pour leurs généraux malheureux, quelquefois même ne pardonnant pas des victoires ; cette république de Venise punissant de la peine capitale la défaite d'une flotte, enfin chez les Anglais, l'amiral Byng portant sa tête sur un échafaud.

Bientôt ma confiance dans la foiblesse des hommes reprenoit tous ses droits, et mon audace renaissoit avec elle ; l'expérience prouva que j'avois raison, je ne reçus pas une atteinte ; le Sénat me dit que j'avois sauvé la patrie, et moi, au lieu de me frapper la tête contre les murs comme fit Auguste, je me chauffois aux Tuileries, en m'écriant : « Il fait meilleur ici que « sur les bords de la Bérésina. »

Je recommande ces paroles si touchantes, aux écrivains qui veulent prouver que je fus un être sensible, un bon homme.

Poëtes, orateurs, faites des apothéoses, accordez-moi des regrets, louez-moi dans vos chants ; outragez les cendres de ces millions d'hommes qui se firent tuer pour l'empereur ; insultez aux libertés publiques que j'avois détruites ; mettez après la main sur votre cœur, et dites-moi s'il est Français.

Non-seulement la nation se montra clémente pour celui qui la perdoit, mais elle fut encore généreuse, magnanime ; la grandeur de ses sacrifices se régla sur la gravité de ses malheurs ; mes intérêts et les siens, depuis long-temps divisés, semblèrent se confondre. Il s'agissoit de détourner les vengeances qui menaçoient le territoire, il falloit se sauver : depuis quatre cents ans, la capitale n'avoit pas vu des armes étrangères. On dut me croire absorbé par cette unique pensée, on pouvoit espérer que j'étois enfin converti, je n'étois qu'humilié; moins occupé du salut de la France que du terrible échec subi par ma gloire, je ne songeois qu'à la reprise de tous mes avantages; la ruine de l'empire me paroissoit préférable à la honte de fléchir, de démembrer ma domination.

Si, désabusé de la détestable soif des conquêtes, renonçant à leur stérile conservation, j'avois dit que les Alpes et le Rhin seroient désormais les bornes de l'empire, si, rappelant à moi les troupes inactives dans vingt places fortes et mes légions d'Espagne, fortifiant ces corps par de nouvelles levées, j'eusse établi sur nos limites naturelles un rempart de feu, que pensez-vous, Duroc, de cette attitude sublime d'un peuple qui renonce à conquérir, mais qui jure sur ses armes qu'il ne sera point conquis? Croyez-vous qu'on eût entrepris de se heurter contre ces formidables barrières? Le jour où, par un beau triomphe sur moi-même, j'aurois proclamé cette sage déclaration, ce jour eût éclairé la paix, et cette paix n'eût pas été sans gloire ; il est glorieux de devancer par des sacrifices volontaires le moment où l'ennemi vient nous les commander.

Mais au lieu de fermer l'abîme, je m'y précipitois ; je voulus porter la guerre au loin, comme dans les temps de ma prospérité ; la Russie devoit m'opposer une cavalerie formidable ; j'avois perdu la mienne ; reprendre l'offensive étoit la résolution d'un cerveau malade.

Aigri par la honte, peu touché des efforts héroïques de la nation, j'eus la déplorable fantaisie de décréter les gardes d'honneur, voulant associer à mes destinées en péril, dix mille familles qui avoient racheté le sang de leurs enfans. Je sentois qu'un cavalier ne s'improvise pas comme un fantassin, que ces régimens périroient sans utilité pour l'armée ; je le sentois, mais ma politique ne respectoit plus rien, je voulois des otages.

Quelques exploits signalèrent le début des hostilités ; les glaces du nord n'étoient plus là pour neutraliser la valeur ; nos ennemis pensèrent que je rentrois en grâce avec la fortune ; une suspension d'arme fut le prix de l'affaire de Lutzen ; la paix devoit la suivre, je n'avois qu'à la vouloir ; maréchaux, officiers, soldats, tous la desiroient ; le dégoût des combats sa

faisoit sentir par l'indiscipline et la licence ; cha-
cun prévoyoit la défection de nos alliés ; moi
seul je disois avec la présomption des Guises :
« Ils n'oseront. » Tous les intérêts, toutes les
opinions m'infligeoient la paix ; qui me retient,
qui m'arrête ? un pouvoir supérieur à nos fra-
giles volontés ; mes destinées sont pesées dans
les balances éternelles ; l'étoile de l'usurpation
penche vers son couchant, mon temps va finir,
je suis entraîné.

Ici se présente une immuable vérité : Dieu
voulut que la succession au trône se perpétuât
dans les familles destinées à gouverner les peuples ; il ne permet qu'à de longs intervalles ces
terribles commotions qui ébranlent l'économie
politique du monde ; l'usurpation d'un pouvoir
royal est une des entreprises dont le succès est
le plus disputé aux passions humaines ; la Providence l'a hérissé d'obstacles : que deviendroit
la société des hommes si les grandes couronnes
étoient le prix de quelques victoires et d'un peu
de célébrité ? Vingt-cinq ans d'interrègne en
France, étoient le terme fixé par les décrets du
Ciel ; la race des Bourbons devoit ressaisir ses antiques droits ; Dieu repoussoit ma dynastie ; il
ne voulut pas que l'Europe, entre mes mains,
rétrogradât vers la barbarie.

DUROC.

Quoi ! celui qui donna un si grand élan aux sciences et à l'industrie, qui nous entouroit d'institutions fortes, qui créa des écoles où la jeunesse se familiarisoit avec toutes les connoissances, avec tous les arts, cet homme nous ramenoit vers la barbarie !

NAPOLÉON.

Oui, vous dis-je, la barbarie ; un principe vicieux corrompoit toutes mes créations ; partout on prêchoit l'obéissance, nulle part on n'enseignoit la morale ; les sentimens religieux n'étoient plus la base de l'éducation ; un fond d'immoralité se cachoit sous la brillante enveloppe des sciences, sous le prisme de la valeur. Les ouvrages de nos philosophes chrétiens, ceux de nos plus grands poëtes furent mutilés pour les écoles, je repoussois jusqu'aux leçons des morts.

Hors la gloire militaire, tous les nobles sentimens, toutes les pensées généreuses, tout ce qui constitue le vrai mérite et ennoblit les cœurs fut traité d'idéologie ; sous mon règne tout se décidoit par la règle desséchante des mathématiques; encore dix ans de cet état de choses et le coup mortel étoit porté à la civilisation, aux mœurs, aux Lettres, à la politesse. Des guerres interminables soulevoient les haines nationales, elles brisoient tous les liens de sociabilité; de Séville à Moscou, de l'île Walkeren aux bouches du Cattaro, j'avois créé un champ de destruction; des populations entières se ruoient les unes sur les autres; la puissance du sabre devenoit la loi suprême, les notions du juste et de l'injuste s'effaçoient; oui, les hommes redevenoient barbares, si plus long-temps ils fussent restés à la merci de mes fureurs capricieuses.

Les journées de Leipsik décidèrent la question; l'invasion devenoit possible, elle fut résolue. J'ai voulu justifier notre défaite par la trahison des Saxons; je devois la prévoir, le premier anneau de la chaîne étoit rompu : il est des événemens dont les conséquences sont tellement forcées, que l'avenir est écrit dans le présent.

La ville de Mayence devint comme Wilna un immense hôpital dont les rues formoient les dortoirs ; chaque année, toutes les misères composoient le lugubre cortége de votre Empereur; déjà, Duroc, la mort nous avoit séparés; elle m'enlevoit un serviteur fidèle, un ami dévoué, un sujet plein d'honneur. Alexandre vouloit mourir quand il perdit Éphestion ; je ne vous donnai point de larmes ; on appela cela du courage, de la fermeté ; les courtisans ont un fonds inépuisable d'extases pour les actions du maître ; ils se seroient pamés d'admiration si j'eusse montré du désespoir.

Je n'ai point connu l'amitié ; jamais homme ne me fut assez nécessaire, pour que sa perte pût m'affliger vivement ; une seule personne sut m'attacher par sa douceur et la soumission de son caractère, c'étoit Joséphine ; je l'ai quittée quand ma politique me l'a conseillé.

Le peuple, qui a plus de bon sens que les conquérans, avoit dit, lors de mon expédition de Moscou, que j'allois prier les Russes de venir visiter Paris ; cette prédiction s'accomplit : toutefois le chemin de la capitale leur fut disputé ; mon génie militaire se réveilla, l'imminence du péril me rendit l'activité et l'énergie de la jeunesse ; je semblois me multiplier ; quelles que fussent les distances, j'étois toujours en personne là où l'on combattoit. Aidé d'une poignée de braves, je tins en échec pendant deux mois toutes les forces de l'Europe liguées contre Napoléon ; ce n'étoit point à la France qu'on en vouloit, tant de baïonettes ne menaçoient qu'un cœur ; c'étoit le mien.

La campagne de 1814 fut mémorable : elle est un de mes plus beaux faits d'armes ; cependant le peuple que je ne pouvois plus tromper, resta neutre devant mes efforts.

Alors je recueillis le triste fruit des haines que j'avois amassées sur ma tête ; du moment où ma cause se lioit encore à celle de la patrie, on ne voulut plus la défendre, j'avois lassé tous les cœurs : vainement j'essayois de créer une guerre nationale, l'amour pour le chef de l'État manquoit à ce mouvement sublime ; il n'existe point d'arrière ban pour la tyrannie, elle ne doit compter que sur des soldats.

Épouvantés du naufrage où les plongeoit un pilote imprudent, les Français aspirèrent à la légitimité ; toujours malheureux depuis qu'ils la perdirent, ils l'implorèrent le 31 mars ; ce jour prouva que l'amour pour les Bourbons ne peut jamais s'éteindre dans l'empire des Lys.

Embarrassés de ma personne, les alliés restreignirent ma puissance à la souveraineté de l'île d'Elbe, c'étoit trop défier mon caractère ; le vainqueur de l'Europe, transformé en Robinson, ne pouvoit se façonner à son nouveau sort ; l'air me manquoit dans cet étroit espace ; je quittai l'île brusquement l'année suivante.

L'audace de mon débarquement, la rapidité du trajet, enthousiasmèrent les serviteurs de ma cause ; ils élevèrent aux nues mon retour à Paris ; c'étoit l'action d'un furieux. Le succès ne résidoit point dans une course heureuse, il falloit que cette témérité s'appuyât sur des bases solides ; c'étoit peu d'avoir su venir, il falloit savoir y rester : plus humain, j'aurais mesuré la brièveté de ce misérable triomphe. Époque à jamais honteuse, où des milliers d'hommes se sont égorgés pour une cause perdue, où des flots d'or durent racheter le territoire français, où prenant mes auxiliaires dans les passions hideuses de 93, j'ai voulu m'en servir pour étayer le trône de Cent-Jours ; oui, j'ai reveillé d'odieux souvenirs que j'avois étouffés, j'ai rouvert un abîme devant la monarchie. Mon retour de l'île d'Elbe est la plus mauvaise action de ma vie ; jamais homme ne donna au monde un tel exemple d'égoisme ; jamais les Français ne doivent me pardonner les Cent-Jours.

DUROC.

Vous fûtes bien cruellement puni ! Mais expliquez-moi comment vous eûtes l'imprudence de vous livrer aux Anglais; je ne puis comprendre cette résolution, elle contrarie toutes mes idées, tous mes souvenirs.

NAPOLÉON.

Plusieurs projets traversèrent ma pensée, j'adoptois celui qui devoit ruiner mes espérances; il n'y avoit plus qu'obscurité dans mon jugement; dès que je fus en présence du malheur, toutes mes facultés m'abandonnèrent : de jeunes marins voulurent ranimer mon courage et diriger mes regards vers les côtes hospitalières des Deux-Amériques; un invisible bras me fermoit la route des hasards; timide, irrésolu, je frémissois alors devant une pensée hardie, et n'osant plus me débattre sous la serre du destin, je me livrai comme l'oiseau qu'un charme funeste attire vers le serpent qui aspire à sa proie.

DUROC.

Que pouviez-vous espérer des Anglais?

NAPOLÉON.

La liberté de résider chez eux. J'étois aveugle au point de croire que le prince régent ne pou-

4..

voit résister à la lettre où je me représentois comme un autre Thémistocle venant s'asseoir au foyer britannique. La phrase étoit sonore, je comptois beaucoup trop sur son effet ; toute comparaison devient ridicule quand elle n'est point exacte. Thémistocle avoit défendu son pays contre une invasion formidable et j'en avois attiré deux sur la France : la Grèce fut ingrate pour le héros qui l'avoit délivrée, et c'est moi qui fus ingrat pour mes peuples ; Artaxerce caressoit les ressentimens du proscrit pour s'en servir contre les Athéniens ; le gouvernement anglais, maître de son ennemi, n'avoit plus de motifs pour rester en guerre avec la France ; je ne pouvois donc lui être utile.

Mes pieds ne touchèrent point le sol de la Grande-Bretagne ; je fis voile pour Sainte-Hélène ; j'ai déclamé contre cet arrêt ; je l'ai appelé félon, déloyal, inique ; cependant les Anglais n'étoient pas les seuls arbitres de mon sort, la déclaration du 18 mars me plaçoit hors du droit commun ; elle fut signée par les ministres des puissances continentales. Mes ennemis répondoient donc de moi à l'assemblée des souverains, au monde, à la Providence qui me rejetoit.

Ma fuite de l'île d'Elbe violoit un traité dicté

par la clémence ; le perturbateur des nations, condamné seulement au repos, avoit osé reparoître armé sur la scène du monde ; *le vouloir* d'un seul homme anéantissoit toutes les espérances, brisoit tous les intérêts ; la France se voyoit encore menacée des orages révolutionnaires ; la paix, acquise au prix de tant de sang, lui étoit disputée, et je ne me croyois pas coupable, et je voulois dicter les conditions de mon exil ! Quelle garantie pouvois-je donc offrir à la foi de mes promesses ? Ne rentrois-je pas dans la classe des prisonniers qui se livrent à discrétion ? Quels droits me restoient ? ceux que le malheur attend de la pitié des hommes, chez les nations civilisées.

Je formai sur le *Northumberland* de généreuses résolutions ; le séjour des vastes mers exaltoit mon âme ; je voulois l'élever à la hauteur de mes infortunes, mes projets échouèrent sur les rochers de l'île ; en touchant terre, je sentis défaillir tout mon stoïcisme.

J'avois manqué de courage contre la prospérité, je n'en trouvois point pour soutenir ma déchéance ; la première lettre où le gouverneur me refusa le titre de majesté, mit en jeu les petitesses du grand homme : je voulois conserver cette qualification ; non content de l'imposer

aux compagnons de mon exil, je prétendois
qu'elle me fût donnée par les officiers supérieurs
de l'île, mais cette courtoisie leur étoit sévèrement
interdite ; je jetai feu et flamme à la réception
de leurs dépêches, traitant cette omission d'in-
jurieuse, de lèse-majesté... on ne peut porter
plus loin la déraison ; qu'avois-je besoin du
titre d'empereur quand ma tête ne reposoit
plus sur l'oreiller des rois ? Il devenoit une sorte
de sobriquet pour un homme banni du continent, pour un captif sans espérance et sans
avenir ; j'avois joué avec éclat le rôle de général,
je venois de manquer celui de monarque ; cette
déception devoit fixer mon choix.

DUROC.

Croyez-moi, Napoléon, en dépit des haines
qui vous poursuivent, la postérité vous décer-
nera le titre de grand homme.

NAPOLÉON.

Je n'ose l'espérer ; la nature avoit ébauché
en moi le grand homme, mais il semble qu'elle
ne s'est pas donné le temps d'achever son ouvrage. M. Canning a dit que j'avois la case de

la création, et non celle de la conservation ; c'étoit bien me définir : quatre grandes expéditions manquées, celles d'Egypte, de Saint-Domingue, d'Espagne et de Moscou, obscurciront ma renommée ; on s'est trompé, lorsqu'on m'a cru susceptible de méditations profondes ; mon caractère étoit trop passionné pour que ma tête fût pensante ; je décidois avec promptitude, mais j'opérois sur un plan vague et indéfini ; doué de grands talens militaires, je ne connus point l'art des retraites, je n'ai possédé que le génie du succès.

Rapprochez ma fin de toutes mes fautes ; je me survécus à moi-même ; je mourus au monde avant de subir l'arrêt de la nature ; on ne pardonne point aux hommes qui agitèrent leur siècle, de ne point soutenir leur célébrité jusqu'au bout.

Le repos de l'exil me tuoit ; je n'ai jamais pu comprendre la vie hors de l'agitation : si quelquefois je parvenois à rompre l'uniformité des jours, c'est lorsqu'un entretien vif et animé me replaçoit dans le tumulte des camps, dans les intrigues de mon cabinet et dans la chaleur des discussions politiques ; je recherchois les émotions violentes de la tragédie, je me plaisois à la lecture d'un pamphlet lancé contre moi ; j'aimois

es scènes orageuses avec mes gardiens : la sta-
gnation de l'âme étoit mon plus grand supplice ;
j'aurois voulu me créer une marotte, un goût
passionné qui me dérobât à moi-même. Je lisois
avidement l'histoire de toutes les abdications
pour y puiser quelques leçons philosophiques,
mais je ne pouvois m'arranger des horloges de
Charles - Quint, des voluptés de Sylla et des
laitues de Dioclétien ; je concevois mieux la ré-
signation de Denis le jeune se créant une minia-
ture de tyrannie dans sa petite école.

L'amour de l'étude me manquoit encore : j'ai
bavardé mes Mémoires, et je n'ai eu ni la patience ni le talent de les écrire ; j'enviois cette
brillante faculté à César, dont la supériorité en
tout genre excita souvent ma jalousie.

Si mon cœur eût été moins desséché, j'eusse
appelé à mon secours une consolation, la plus
réelle de toutes ; je me serois jeté dans les bras
de la religion, elle m'auroit éclairé de sa lumière divine, elle eût amolli ce caractère in-
domptable qui résistoit à toutes les leçons ; pé-
nétré de honte pour mes fautes et de mépris
pour les grandeurs que je regrettois, je pouvois
encore honorer mon exil, je pouvois appeler
l'intérêt sur une tête coupable et proscrite ; mais
tout s'opposoit en moi à des sentimens doux et

consolateurs ; pour connoître les joies ineffables de la piété , pour se rattacher aux espérances du Ciel , il faut avoir une âme tendre : celui qui n'aima rien , pouvoit-il comprendre l'amour de Dieu ? ainsi je n'ai supporté mon exil , ni en chrétien , ni en grand homme , ni en philosophe.

Sir Hudson Lowe étoit un homme médiocre et pointilleux ; une effrayante responsabilité pesoit sur lui ; mais en gardant fidèlement son prisonnier , il pouvoit s'abstenir de mille persécutions inutiles ; cependant il a moins de torts que je ne l'ai dit et qu'on ne l'a écrit ; j'avois besoin de m'irriter, il me falloit une victime ; je donnai la préférence au gouverneur, je le traitois avec une arrogance et un mépris qui ne se pardonnent point ; notre haine s'alimentoit par des écritures pleines de fiel ; quelquefois je fus tourmenté sans motifs , c'étoit un juste châtiment du Ciel : n'ai-je pas été pendant quinze ans, l'Hudson Lowe de l'Europe ?

Je trouvois quelques distractions à mes peines dans la société des fidèles serviteurs qui s'attachèrent à mon sort ; ce noble dévoûment les honore à jamais : cependant je puis leur adresser une juste réprimande ; ils se sont montrés trop verbeux et surtout beaucoup trop louangeurs dans leurs écrits. Pourquoi me peindre comme un héros sans reproche et sans tache ? c'est mentir à tous les souvenirs, c'est réveiller la justice des hommes. Quelle pensée bizarre, quelle extravagante flatterie que de me proclamer le type, l'étendart et le prince des idées libérales ; que feroit de mieux l'écrivain qui voudroit insulter à mes cendres ?

Les heures sont éternelles sur la terre d'exil ; j'ai dû chercher à les abréger en parlant beaucoup de moi et des grands événemens qui se rattachoient à ma vie ; mais s'il s'échappoit de folles pensées d'un cerveau bouleversé par le chagrin, un écrivain judicieux devoit-il en charger ses notes quotidiennes ? ce flux de paroles vouloit un triage fait avec goût et discernement ; je n'étois point un oracle ; souvent la passion troubloit mon jugement ; mes courtisans ne devoient pas comme les disciples de Pythagore, se prosterner devant mes opinions, en répétant : « Le maître l'a dit. »

Pourquoi l'un de ces hommes, si son unique but fut d'honorer ma mémoire, n'a-t-il pas supprimé les pages délirantes où il me fait développer longuement mon plan d'invasion en Angleterre ? c'est un chef-d'œuvre d'absurdité. Il devoit aussi avoir la pudeur de taire mes sarcasmes contre des hommes illustres, contre quelques uns de mes ministres et de mes maréchaux ; ces omissions étoient de bon goût, la bienséance les commandoit.

Quel service de vrais amis pouvoient me rendre en plaçant dans ma bouche quelques expressions de repentir pour tous les maux que j'ai produits ! que pensera la postérité, lorsque, lisant l'histoire de mes dernières années, elle ne trouvera pas un regret, pas une larme accordée à tant de victimes de mon despotisme? que dira-t-elle d'un homme qui, relégué sur un rocher pendant six ans, fut uniquement absorbé par ses souffrances personnelles, et conserva dans la solitude l'égoïsme qu'il avoit professé sur le trône?

L'auteur du *Mémorial de Sainte-Hélène* va jusqu'à dire que ma déchéance plongea la France dans le deuil. Les morts illustres sont bien à plaindre quand leur mémoire tombe dans les mains de panégyristes aussi maladroits.

Louis XVIII revenoit escorté des libertés publiques; la Charte, ce présent immortel qu'il faisoit à ses sujets, leur offroit toutes les garanties et des concessions dont l'étendue dépassoit leurs vœux. La noblesse que j'avois créée maintenue, les propriétés nationales déclarées inviolables, mes maréchaux conservant leurs honneurs et des noms chers à la gloire, la parole rendue aux orateurs des grands corps de l'Etat, la liberté de la presse et les mers rouvertes au commerce, tels furent les premiers bienfaits de la restauration : ils donnoient à la légitimité une si grande puissance morale que les bataillons coalisés, ne pouvant soutenir l'éclat du trône de Saint-Louis, s'éloignèrent avec respect.

L'olivier de la paix refleurissoit enfin, les teintes riantes de l'espérance coloroient un horizon depuis si long-temps nébuleux ; le peuple, qui m'avoit deviné, qui savoit que mon règne seroit une crise perpétuelle, bénissoit hautement la famille d'Henri IV.

Et mes adulateurs osent écrire que je fus l'objet de regrets universels ! qu'auroient-ils dit de plus si j'étois mort plein de jours, laissant la France respectée au dehors et heureuse au dedans ? Hélas ! que lui ai-je légué à cette France ? une armée détruite, et ses champs hérissés de lances étrangères ; ce funeste héritage pouvoit-il me valoir l'universalité des regrets ? Les regrets d'une nation s'usurpent-ils comme une couronne ?

Je ne sache pas que la nouvelle de mon abdication ait plongé Paris dans le désespoir ; par quels signes, par quelles démonstrations l'a-t-on manifesté? les émotions de la multitude sont-elles donc muettes? Elles ne le furent point le jour de la rentrée des Bourbons ; combien il m'a frappé ce réveil de l'amour des Français pour leur Roi, de ce sentiment national comprimé depuis vingt années!... Comment s'y prirent mes admirateurs pour ignorer l'explosion de la joie publique? quelles cavités assez profondes les garantirent du bruit des acclamations? Elles me poursuivirent jusque dans ma retraite, elles troubloient les espérances que j'y avois portées.

Que ne comparent-ils la rentrée du Roi à mon retour du 20 mars (ce souvenir m'occupe encore); le théâtre étoit le même; quel change-ment dans les décorations! que sont devenues ces guirlandes, ces festons, ces inscriptions tou-chantes qui marquèrent les pas de la monarchie rentrant dans son antique domaine? Amis im-prudens, vous accourez au-devant de moi, je vous sais gré de vos transports ; mais dites, sont-ils partagés? avez-vous pu organiser un enthou-siasme populaire, ne fut-il que factice, ne dura-t-il qu'un moment?... Les chemins sont-ils jon-chés de fleurs? les citoyens couronnent-ils les toits de la capitale?... Non, tout reste dans le silence; mon audace en fut ébranlée; je craignis d'affronter le jour; je ne me confiai qu'au crépuscule; comme l'oiseau des nuits, je me glissai furtivement dans la demeure royale. La cour des Tuileries fut l'étroite enceinte où se déploya mon lugubre triomphe; c'est là que les ambitions impériales fêtèrent mon retour; c'est-là qu'éclatèrent les joies solitaires d'un parti; au-delà des grilles du château, il n'y avoit qu'inquiétude et stupeur;... Paris venoit de perdre son Roi.

Régnez en paix, fils de Saint-Louis, mon ombre n'est point redoutable; déjà les rangs de mes sectateurs s'éclaircissent, je ne puis plus faire la fortune de personne.

O France! je n'ai su te rendre ni heureuse, ni libre; tu jouis maintenant de ces bienfaits sous l'empire des Bourbons. Nation généreuse et grande! Que les leçons de l'adversité ne soient pas perdues : si dans la suite des âges tu concévois l'idée de repousser encore la légitimité, pense à moi.

FIN.

www.ingramcontent.com/pod-product-compliance
Ingram Content Group UK Ltd.
Pitfield, Milton Keynes, MK11 3LW, UK
UKHW020948120726
13693UKWH00004B/1602